*problema de pronúncia*
Ana Maiolini

cacha
lote

*problema de pronúncia*
Ana Maiolini

1. PRESTAR ATENÇÃO        9
2. COISAS GRANDES        35
3. DO PAPEL AO FOGO        51
4. ABRIGO        61
5. AQUI NÃO        67

há o que se sabe
apenas na espinha dorsal
e fora dela não faz sentido

a questão é a falta
da linguagem exata
que decifra o arrepio

# I. PRESTAR ATENÇÃO

## LUGARES DE ESCREVER UM POEMA

na sala de espera do consultório médico
no bloco de notas do celular
na fila para entrar no show
no almoço se tiver feijão
na feira de hortaliças orgânicas
nas mãos e nos pés da pessoa amada
no email do trabalho
no caixa do supermercado
ou nas caixas dos produtos do supermercado
na pupila do olho do cachorro
na água do chuveiro
no postinho de saúde da rua cristina
na TV que alguém esqueceu ligada a noite toda
na porta de entrada do apartamento
no silêncio dos vizinhos às cinco
no concurso para a assembleia legislativa
na notinha da padaria
no pão da padaria
no cochilo de quinze minutos após o almoço
principalmente se tiver comido feijão
nas beiradas de um dia útil
no frio que entra pela janela
no som da janela batendo com o vento
nos pulmões cheios de ar

**KOMOREBI**

existe uma palavra
para descrever o sol
atravessando o emaranhado
de folhas numa árvore

como se
num piscar de verbos
a linguagem tivesse
reinventado a luz

o pensamento vem da palavra
a palavra dá forma ao desejo
o desejo cresce quando a palavra cresce

é possível desejar o que não se sabe?
é por isso que inventamos nomes?

para que o desejo nunca pare de procurar
um desfecho

ORATÓRIA

duas palavras frescas e
um copo com limão e açúcar
fazem verão na mesinha da calçada

mesmo quando ainda não é verão
mesmo quando ainda é dia útil
mesmo quando ainda não chegou todo mundo

acredito na intuição
tanto quanto acredito na linguagem
apesar de não dominá-las
dou ouvidos braços e pernas ao que elas dizem
mas só depois de testar todas as alternativas

16        nem a lombar é a mesma
           quem dirá a lembrança

1.
não tenho mais
a vista de antes
mas tenho quarto
sala
cozinha
lavanderia
banheiro
e uma janela
que dá para uma árvore
onde às vezes
os passarinhos ficam

2.
tudo o que sei
é o que pode ser dito
pelos arranhões
no chão de taco
e pelos azulejos trincados
da cozinha

3.
quase oito anos
é tempo suficiente
para desfazer as malas e
arrumar o armário
provisoriamente

sou uma pintora
seleciono as calcinhas
uma a uma no varal
obra-prima secreta
elas contam histórias de renda
e de menstruação

REFRAÇÃO

o sol infiltra pela basculante
no alto da parede
atravessa o jato morno
que escorre em meus braços
até se desfazer em centenas de partículas

uma cor me desperta

choveu depois de muito tempo
a água empoeirada

os vidros embaçados na sala
som de asfalto ensopado

claridade sonolenta
cheiro vivo

a casa respira e tece
uma manta

em todos os cômodos do apartamento
cada objeto reflete os feixes incógnitos
de forma específica
as lantejoulas da almofada
fazem do canto esquerdo da sala
uma breve discoteca
as persianas incendeiam o quarto
sem nenhum remorso
o pequeno vitrô da cozinha
aquece o cocuruto da cabeça
às dezessete em ponto
pepe mujica toma sol na passadeira
às oito da manhã

me dedicar às belezas domésticas
vez ou outra observar:

fiapos suspensos
na ponte de luz
entre a janela
                e a parede

os fragmentos boiam
e anunciam uma textura sólida

navego rumo à pia
onde escovo os dentes
sem olhar no espelho

aquele reflexo tem bafo
e ainda acorda

roupas no armário
o café das oito
um par de meias azuis
as uvas já maduras
trocar a lâmpada que queimou
saboneteiras cheias
plantas molhadas
unhas vermelhas
ligar para a avó
um bolo de banana no forno
dez miligramas de remédio
tirar o lixo
grupo do condomínio
creme no rosto
pregar o botão que caiu
(frascos de perfume têm cheiros antigos)
ir à farmácia
ver acender as luzes dos prédios vizinhos:

    um vidro embaçado na cozinha
    na qual alguém prepara a janta
    varal de lâmpadas na varanda
    dois netos pequenos
    aula de saxofone das dezenove às vinte e trinta

prestar atenção é uma forma de expandir
o acontecimento

no intervalo entre
um sonho e um dia
olho para cima e vejo
a poeira pendente
refletir a luz enquanto
molho plantas

antes de sair de casa
faço um arco-íris
que cabe no bolso

## CONCHA

uma gaveta esquecida
no fundo de um quarto
nos fundos de uma casa

recordações da praia

o som do mar na palma da mão
o mar dentro da gaveta
jamais esquecido

há sempre alguém que sente
nas pontas dos dedos
a ausência de sal

a casa estava aberta
e por ela passou o vento
cuspindo fagulhas de lã

anunciam o verão
duas ou três visitas sorridentes
um cachorro manco
gente que fala alto e
gente que fala baixo
aparelho de ginástica
vasos de plantas de supermercado
bolsos empoeirados
aula de violão no décimo quinto
a luz pálida do corredor
todo tipo de cartão-postal

no entanto uma ave minúscula
pousou sobre a mesa de centro
e fez dela a sua casa
a casa aberta
a casa ninho

tenho uma tatuagem em meu braço esquerdo
uma janela aberta para uma cena rural

ninguém sabe que essa tatuagem
muda dependendo do clima

por exemplo quando chove
nas terras do sr. oswaldo ferreira
a tatuagem vira uma mancha cinza
de dez por dez centímetros

quando faz sol muito sol
lá onde o horizonte se encerra
a tatuagem brilha
esquenta minha pele
e preciso colocá-la
na água fria e corrente
para não me queimar

muita gente gosta da minha tatuagem
eu mesma gosto bastante
quando de relance observo
um arco-íris saltar pela janela
e alcançar a xícara de café
em minhas mãos

## COTIDIANO

coisas ordinárias
exercitam o olhar
à milésima vista

a depender do lugar comum
até em xícara de café
dá para mergulhar de cabeça

## NÁUFRAGO

o pescador romualdo macedo rodrigues
ficou à deriva durante onze dias
dentro de um freezer:
o único vestígio do seu barco
que agora repousava no fundo do oceano
em algum lugar próximo ao porto de oiapoque
no amapá

ao ser encontrado
foi mandado para a prisão de paramaribo
capital do suriname
onde permaneceu dezesseis dias

em entrevista a um jornal brasileiro
revelou o medo de ser atacado por tubarões

em alto mar há muitos peixes curiosos
afirmou

HOMILIA

a senhora passou toda a missa
com a cabeça virada
na direção oposta ao altar
observava a pequena família
que se encolhia nas cadeiras de plástico
dos fundos da igreja

enquanto registrava com fascínio
os movimentos da criança
de poucos meses no colo do pai
tinha seus pecados perdoados

quarenta por cento de desconto
banco central do brasil
big mac
grãos cem por cento arábica
sapatos engraxados
vitrines de boutique
lugar que vende só salada
churros de chocolate setenta por cento
doces fit
queijo vencedor de prêmio francês
epa plus
startup
e o senhor de terno cinza
broche de ouro no colarinho
e envelope de documentos
debaixo do braço
que para de repente
no meio da avenida
do bairro nobre da cidade
para olhar o pé de chuchu
que cresce na terra suja
do canteiro que tem ali

quando criança
gostava tanto de chuchu

comprar flores
fazer mingau de aveia
beber água
deitar no sol

comprar água
beber no sol
escorregar no mingau de aveia
arrancar as flores

fazer sol
colocar flores na comida
deitar na água
a aveia venceu no pacote ainda fechado

com água e aveia
se faz mingau
o resto é primavera

## 2. COISAS GRANDES

## UMA ABÓBORA GIGANTE NASCEU NO QUINTAL

sem explicação razoável
muito cedo já pesava sete quilos
e logo atingiu a altura de um bezerro
em pouco tempo se tornou tão pesada
quanto um mamute
e grande o suficiente
para que pudéssemos morar dentro dela
cresceu cresceu cresceu cresceu cresceu
até atingir as dimensões de uma baleia jubarte
que abóbora é essa, meu deus
pensamos
depois comemos todos
uma mesa farta
por vários dias

## CARTOGRAFIA

meu mar é outro
não prometo nada
há muito observo com infinitude
a paisagem cerrada
terra de casca seca

mas você não viu
nem imagina o que há dentro
de cada grão de poeira

rasguei a pele
cortei um pensamento com tesoura
dez miligramas recitadas
senti sede e estava exausta
o pesadelo lá ontem

uma ciranda
um círculo
um vício de linguagem
uma corda enroscada no torso

uma década inteira
certamente faz pernas mais fortes

## MAS DADAS ÀS DIMENSÕES

todo grão de areia é praia
toda gota no oceano não é outra coisa
senão o oceano
e tudo é composto por moléculas
o céu acima e ao redor
o espaço o universo
todo corpo é o universo
agora com capacidade de refletir
sobre a sua própria existência
uma prova de que estamos aqui

passei os dedos nas curvas das montanhas
a terra áspera e grossa arranha a pele
vi o vento derrubar uma estrela
e pessoas trabalhando com as mãos
vi o mato arder sob a pressão quente
e o sol derramar a gordura em todas as plantações
vi a planície brilhar no atrito com o céu

centenas de anos passados
percorrem todo o caminho da luz
para chegar até aqui

## NÓ

não há pedras
nem o oceano
nem o núcleo quente da terra
há um abismo e a razão
que é uma corda frágil
longa longa longa
tão longa que retorna
ao início do tempo

abaixo das lâmpadas frias
das lojas de departamento
e dos supermercados vazios
uma pessoa caminha
com as mãos dentro dos bolsos da calça
as mangas do paletó dobradas
até a altura dos cotovelos

seus passos cumprem
a memória muscular das pernas
e nada mais

GRITO

    no agudo das cordas vocais
    presas em nó
    oitava nota
    não sucumbir à espera

SCRIPT

uma agulha percorrendo
toda a corrente sanguínea
sabendo que um dia vai
perfurar um órgão vital

CONTRA INTUIÇÃO

o fio condutor de um pensamento
arde os braços que o seguram

aperte com as mãos
e sentirá a corrente elétrica
esmagar os órgãos

faça nós duros e indissolúveis
e verá derreter os cabelos
as orelhas os olhos
as canelas

ao contrário:
espalhe a água no assoalho inteiro
coloque o prédio abaixo
com um estrondo e enfim
o silêncio

## NA ILHA DO TEMPO

nada se move depressa
o vento sopra cuidadoso
as copas das árvores
que levam séculos para crescer
os insetos flutuam
suas pequenas patas
nunca precisam tocar o chão
a água do rio flui espessa
os animais quase não se cansam
e quando é tarde na ilha do tempo
até a eternidade dá as caras

## DONA ZEZÉ

cutucou o céu com colher de pau
plantou maracujá doce e abacaxi
ela que vem antes do próprio dia
acorda às três para inaugurar uma vida
prepara os bichos molha a horta pega galinha
o ingá nasce de metro e ela avisa
que o cumê tá pronto
vê o quintal expandir
pega as beiradas do mundo e examina
vai voar pela primeira vez
hoje descobriu o segredo do tempo
e ali multiplica pra fazer render

# 3. DO PAPEL AO FOGO

## PAPEL

em branco
um rio que passa

junte as mãos e tente agarrar um galho
ou um cipó boiando sobre as águas
segure firme e vença a correnteza
atravesse até a outra margem
sã e salva
mas encharcada

MARGEM

a beirada crua
por onde se corre
para chegar ao centro
com pernas mais fortes

## CENTRO

desviar do caminho correto
para escapar
chegar atrasada
receber castigo
tens o direito de ficar calada

ATRASADA

caminhar pela sombra
de vez em quando parar

SOMBRA

a depender da trama
do tecido de que é feita
a cortina desenha saídas

CORTINA

onde há fogo
há fumaça

tudo termina em

# 4. ABRIGO

quando a luz do sol atravessa
os pensamentos de uma árvore
o buraquinho da persiana do quarto de visitas
o sábado entreaberto na cozinha
os galhos dos nossos olhos
a abertura da sua camiseta bege às sete e quinze
o pelo preto do cachorro
a pupila na ponta da fresta

daqui de onde estou
observo

a gota amarela do vinho
escorrer

a partir do encontro
entre os lábios e o vidro

até os dedos
que seguram a taça

agora os dedos na boca

em minha sala há um quadro
com mulheres nuas

em minha sala ando nua
e observo quadros

## 5. AQUI NÃO

disseram que eu era bicho do mato
e eu até gosto do mato
mas cortaram minhas cordas vocais
em pequenas partículas
até eu me sentir minúscula
e eu nunca pedi ajuda

no pré-escolar pequeno self
contei uma a uma as crianças no pátio
sabia o nome de todas
sabia até como falavam
o tom da voz
o jeito de correr
a estampa das lancheiras

mas ninguém sabia disso

PROPÓSITO

aos onze anos
deixei a galinha fugir
abri o saco e lá estavam
penas marrons e amarelas
pequenos olhos pupilas
bico pés de galinha
nenhum pio

a galinha sabia que ia morrer

## PROBLEMA DE PRONÚNCIA

quando criança
achava que a palavra cruel
significava algo bom

aos sábados ouvia minha mãe dizer:
vamos à casa do pa-dre-cru-el
pagar o dízimo
e depois pagar as contas
a gente toma sorvete na volta

padres são pessoas boas
ou pelo menos aquele ali era
e minha mãe jamais chamaria
o padre da nossa cidade
de algo que não fosse bom

então cruel era bom

quando aprendi a ler
vi a placa na frente do balcão
onde se paga o dízimo:
casa pa-ro-qui-al

## SÁBADO

para pepe mujica
uma tarde sem energia elétrica
é um sábado
não tem trabalho
só tem banho de sol
e caminhadas longas

SOBRE A FELICIDADE I

para pepe mujica
a felicidade é uma mexerica descascada
esquecida na mesa

ANIVERSÁRIO

em treze de julho de dois mil e vinte e um
pepe mujica completou um ano
e ganhou beterrabas

em quatorze de julho de dois mil e vinte e um
pepe mujica fez xixi roxo o dia todo

## SOBRE A FELICIDADE 2

a felicidade
às vezes é um sorvete de pistache
mas desses de qualidade

## CHANTAGEM

ensinamos pepe a fazer xixi no lugar certo

      na porta do banheiro não
      do lado da geladeira não
      no tapete da sala não
      no escritório não
      na almofada não
      embaixo da janela não

agora o safado usa essa informação contra nós

## ANIVERSÁRIO 2

pepe mujica fez aniversário

        com um bolo
        a esposa
        e uma dúzia de amigos

o bolo de glacê com velas
me lembrou a infância brasileira dos anos noventa
os amigos me lembraram os meus
a mesa se parecia com a da minha vó

as manchetes certamente diziam:
viva pepe e sua vida suprema

## QUEM DIRIA

bem feito para você, leonardo
que só vai ler o que eu escrevo
pagando

## AQUI NÃO

ocupar espaços
tantos quanto os que perdi
o espaço entre a língua e o céu da boca
o espaço que separa dois dedos de uma mão
o vão aberto no estômago
e os pulmões vazios
o espaço de tempo necessário
para que todas as células de um corpo se renovem
o espaço de um corpo
que você não conhece

## QUEM DIRIA 2

lembra leonardo
você disse que eu
jamais poderia escrever
explica isso então
se com todas as letras
agora falo mal de você

## RECEITA DE SUCESSO OU MEU CONSELHO ÀS MULHERES

se assim sentir vontade
salgue a sopa
coloque muito sal na sopa
deixe a sopa insalubre
tamanha a quantidade de sal
que sejam necessárias duas ou três
idas ao mercado
para buscar mais pacotes de sal
tantos quantos você conseguir carregar nas mãos
transforme a sopa num verdadeiro mar
morto dentro da panela de ferro
que a sua avó deu de presente
no último natal
sirva a sopa sobre uma mesa posta
com toalha de linho e finas porcelanas
aos convidados diga:
acho que salguei a sopa
e deixe que comam
ou morram afogados

fagulhas nos dedos
todas nós temos
pintamos as unhas
passamos hidratante
lavamos a louça
fazemos carinho no cachorro
acenamos umas para as outras
colocamos anel
puxamos pelinha até inflamar
e com o dedo em riste
dizemos que não
vocês aplaudem

então cutucamos a ferida
ai de nós

escrever é muito difícil
mas é mais difícil escrever com calor
com vergonha
com dor de barriga
com barulho de obra
com sono
em horário comercial
escrever é muito difícil

mas é muito mais difícil escrever com toc

não obstante sempre haverá
uma pessoa com calor
em horário comercial
escrevendo

## AGRADECIMENTOS

Este livro também é da Laura Cohen Rabelo, que me mostrou como chegar até aqui, e da turma de terça do Estratégias Narrativas, que me acompanhou com tanta generosidade. Também é do Anderson Batista, do Douglas Maiolini, da Rivia Pires e dos meus pais. Obrigada pela presença lúcida e constante.

CARA LEITORA, CARO LEITOR

A **Cachalote** é o selo de literatura brasileira do grupo **Aboio**.
    Lemos, selecionamos e editamos com muito cuidado e carinho cada um dos livros do nosso catálogo, buscando respeitar e favorecer o trabalho dos autores, de um lado, e entregar a vocês, leitores, uma experiência literária instigante.
    Nada disso, portanto, faria sentido sem a confiança que os leitores depositam no nosso trabalho. E é por isso que convidamos vocês a fazerem cada vez mais parte do nosso oceano!
    Todas as apoiadoras e apoiadores das pré-vendas da **Cachalote**:

> — **têm o nome impresso nos agradecimentos dos livros;**
> — **recebem 10% de desconto para a próxima compra de qualquer título do grupo Aboio.**

Conheçam nossos livros e autores pelo site **aboio.com.br** e siga nossos perfis nas redes sociais. Teremos prazer em dividir com vocês todos nossos projetos e novidades e, é claro, ouvir suas impressões para sempre aprendermos como melhorar!
    Embarque e nade com a gente.

**Cada livro é um mergulho que precisa emergir.**

APOIADORAS E APOIADORES

Agradecemos às 252 pessoas que confiaram e confiam no trabalho feito pela equipe da **Cachalote**.

Sem vocês, este livro não seria o mesmo.

A todos os que escolheram mergulhar com a gente em busca de vozes diversas da literatura brasileira contemporânea, nosso abraço. E um convite: continuem acompanhando a **Cachalote** e conheçam nosso catálogo!

Adille Ceron
Adilson Maiolini
Adriana Maiolini de Mello
Adriane Figueira Batista
Alexander Hochiminh
Allan Gomes de Lorena
Amanda Coimbra
Amanda Ribeiro Barbosa
Amanda Roberto Nogueira
Amanda Santo
Ana Caldeira
Ana Carolina Chagas Fagundes
Ana Carolina Meireles
Ana Diana Ferreira Maiolini
Ana Lívia Machado Nunes
Ana Lúcia Maiolini
Anderson Batista Rodrigues Silva
André Balbo
André Pimenta Mota
Andreas Chamorro
Anelise Maiolini Felix
Anna Davison
Anna Martino
Anthony Almeida
Antonio Arruda
Antonio Pokrywiecki
Arman Neto
Arthur Lungov
Assunta G Maiolini
Bárbara Caroline Rodrigues de Araujo
Beatriz Vieira
Bianca Monteiro Garcia
Bruno Coelho

Caco Ishak
Caio Balaio
Caio Girão
Calebe Guerra
Camila Félix
Camilla Loreta
Camilo Gomide
Carina Goncalves
Carla Guerson
Caroline Maiolini de Mello
Cássio de Castro Vieira
Cássio Goné
Cecília Garcia
Cintia Brasileiro
Cláudia Rocha de Lima
Claudine Delgado
Cláudio Rezende
Cleber da Silva Luz
Cristhiano Aguiar
Cristiano Guimarães
    Landa Prado
Cristina Machado
Cristine Maia de Assunção
Daniel A. Dourado
Daniel Dago
Daniel Giotti
Daniel Guinezi
Daniel Leite
Daniel Longhi

Daniel Maiolini Ribeiro
Daniela Rosolen
Danielly Santos da Silveira
Danilo Brandao
Dante Christófaro
    Bragança de Matos
Debora Yuri Kajiyama
Deborah Almeida
    Guimarães Costa
Denise Lucena Cavalcante
Dheyne de Souza
Diogo da Costa Rufatto
Diogo Mizael
Dora Lutz
Douglas Maiolini
Eduardo Junio
Eduardo Rosal
Eduardo Valmobida
Ellen da Silva Barbosa
Eme de Paula
Enzo Vignone
Evandro Junqueira Figueiredo
Fábio Franco
Febraro de Oliveira
Felipe Lohan Pinheiro da Silva
Felipe Palma Lima
Felipe Soares
Flávia Braz
Flávia Péret

Flávio Ilha
Francesca Cricelli
Frederico da C. V. de Souza
Gabo dos livros
Gabriel Cruz Lima
Gabriel Stroka Ceballos
Gabriela Machado Scafuri
Gabriela Sobral
Gabriella Martins
Gael Rodrigues
Giovana Maiolini
Giselle Bohn
Giselle da Costa Campos
Giulia Piva Oliveira
Guilherme Belopede
Guilherme Boldrin
Guilherme da Silva Braga
Gustavo Bechtold
Hanny Saraiva
Heloisa Helena
    Maiolini de Freitas
Henrique Emanuel
Henrique Lederman Barreto
Hugo Andrade
Hugo César Paiva
Iara de Fátima Rodrigues Silva
Igis Rossi
Isabela Otoni
Ivana Fontes

Jadson Rocha
Jailton Moreira
Jefferson Dias
Jessica Ziegler de Andrade
Jheferson Neves
Joana Tavares Pinto da Cunha
João Batista Marques da Silva
João Luís Nogueira
Jorge Verlindo
Juca Magalhães
Júlia Gamarano
Júlia Vita
Juliana Costa Cunha
Juliana Slatiner
Juliana Vinhas Fogaça
Júlio César Bernardes Santos
Karen Suto
Karina Maiolini
Laís Araruna de Aquino
Lara Galvão
Lara Haje
Laura Redfern Navarro
Leitor Albino
Leonam Lucas Nogueira
Leonardo Maiolini
Leonardo Pinto Silva
Leonardo Zeine
Lídia de Sousa
Lili Buarque

Lolita Beretta
Lorena Camilo
Lorenzo Cavalcante
Luanda Gurgel Faria Silva
Lucas Ferreira
Lucas Lazzaretti
Lucas Verzola
Luciano Cavalcante Filho
Luciano Dutra
Ludmila Oliveira Maiolini
Luis Cosme Pinto
Luis Felipe Abreu
Luís Filipe Mendes
Luísa Machado
Luiza Alves
Luiza Leite Ferreira
Luiza Lorenzetti
Mabel
Maíra Thomé Marques
Manoela Machado Scafuri
Manuella Galupo Fonseca Costa
Marcela Castro
Marcela Raposo
Marcela Roldão
Marcelo Conde
Marcelo de Souza Machado
Marcelo Megale
Marco Bardelli
Marcos Vinícius Almeida

Marcos Vitor Prado de Góes
Maria Caram
Maria Cristina Maiolini Valim
Maria de Lourdes
Maria Fernanda
    Vasconcelos de Almeida
Maria Inez Porto Queiroz
Maria Luísa Grossi Maia
Maria Luíza Chacon
Mariana Donner
Mariana Figueiredo Pereira
Marília Maiolini Ribeiro
Marina Lourenço
Marina Paiva Rodrigues
Mateus Borges
Mateus Magalhães
Mateus Torres Penedo Naves
Matheus Diniz Siqueira Brandão
Matheus Picanço Nunes
Mauro Maiolini
Mauro Paz
Mikael Rizzon
Milena Martins Moura
Milene Fádua Vieira
    dos Santos Neto
Milo Noronha Rocha
    Utsch Moreira
Natália Sales
Natalia Timerman

Natália Zuccala
Natan Schäfer
Neusa Sumiko Yoshida
Nicole Stéffane da Costa Lima
Olivia Binotto
Otto Leopoldo Winck
Paloma Lopes Arantes
Paula Luersen
Paula Maria
Paulo Scott
Pedro Américo Machado
    Martins de Barros
Pedro Torreão
Pietro A. G. Portugal
Priscila de Carvalho
    Machado Pereira
Rafael Atuati
Rafael Mussolini Silvestre
Rafaela Medeiros
Raphaela Miquelete
Renata Cristina
    Guimarães Martins
Ricardo Kaate Lima
Ricardo Pecego
Rita de Podestá
Rivia Michele Pires
Roberta Maiolini Pereira
Rodrigo Barreto de Menezes
Samara Belchior da Silva

Sandro Luis Vilela Avelar
Sebastião Maiolini
Sergio Mello
Sérgio Porto
Taiana da Silva Soares
Tailze Melo Ferreira
Tallmo Olyver
Tamires Tribst
Tânia Regina Oliveira Ramos
Tatiana Pastor
Tayane Arantes Soares
Thaís Campolina Martins
Thais Fernanda de Lorena
Thaís Romão Magoga
Thais Tiso Lobato
Thales Romao Magoga
Thassio Gonçalves Ferreira
Thayná Facó
Thiago Neves Dias
Tiago Moralles
Tiago Velasco
Úrsula Antunes
Valdir Marte
Weslley Silva Ferreira
Wibsson Ribeiro
Yvonne Miller

PUBLISHER Leopoldo Cavalcante
EDITOR-CHEFE André Balbo
REVISÃO Veneranda Fresconi
DIREÇÃO DE ARTE E CAPA Luísa Machado
COMUNICAÇÃO Gabriella Martins, Luiza Lorenzetti
COMERCIAL Marcela Roldão
PROJETO GRÁFICO Leopoldo Cavalcante
ASSISTÊNCIA EDITORIAL Gabriel Cruz Lima

ABOIO EDITORA LTDA
São Paulo — SP
(11) 91580-3133
www.aboio.com.br
instagram.com/aboioeditora/
facebook.com/aboioeditora/

© da edição Cachalote, 2025
© do texto Ana Maiolini, 2025

*Todos os direitos reservados. Nenhuma parte desta obra pode ser reproduzida, arquivada ou transmitida de nenhuma forma ou por nenhum meio sem a permissão expressa e por escrito da Aboio.*

*Grafia atualizada segundo o Acordo Ortográfico da Língua Portuguesa de 1990, que entrou em vigor no Brasil em 2009.*

Dados Internacionais de Catalogação na Publicação (CIP)
Bruna Heller — Bibliotecária — CRB10/2348

Maiolini, Ana.
   Problema de pronúncia / Ana Maiolini.– São Paulo, SP: Cachalote, 2025.

   87 p., [13 p.] : il. ; 16 x 19 cm.

   ISBN 978-65-83003-43-0

   1. Literatura brasileira. 2. Poesia. 3. Poemas. I. Título.

CDU 869.0(81)-1

Índices para catálogo sistemático:
1. Literatura em português 869.0 /
2. Brasil (81)
3. Gênero literário: poesia -1

[Primeira edição, abril de 2025]

Esta obra foi composta em Adobe Garamond Pro.
O miolo está no papel Pólen® Bold 70g/m².
A tiragem desta edição foi de 300 exemplares.
Impressão pelas Gráficas Loyola (SP/SP)

**FSC**
MISTO
Papel | Apoiando
o manejo florestal
responsável
FSC® C008008

A marca FSC® é a garantia de que a madeira utilizada na fabricação do papel deste livro provém de florestas que foram gerenciadas de maneira ambientalmente correta, socialmente justa e economicamente viável, além de outras fontes de origem controlada.